Colección dirigida por Raquel López Varela

TERCERA EDICIÓN

© Hilda Perera y
EDITORIAL EVEREST, S. A.
Carretera León-La Coruña, km 5 - LEÓN
ISBN: 84-241-3333-1
Depósito legal: LE. 239-2001
Printed in Spain - Impreso en España

EDITORIAL EVERGRÁFICAS, S. L.
Carretera León-La Coruña, km 5
LEÓN (España)

Tomasín y el Cerdito

Hilda Perera

Ilustraciones: José Pérez Montero

EDITORIAL EVEREST, S. A.

A Tomasín, diez años, ojos negros y relucientes, casucha vieja y ningún juguete, lo cuidaba un tío pobre y pescador.

Un día salieron juntos en el barquichuelo que utilizaban para pescar. Tomasín estaba atento mirando el mar cuando vio en el agua un borboteo de espumas y algo vivo, no pez, que pataleaba acercándose.

—¡Mira, tío! —dijo, y de pronto vio un morrillo sonrosado, cuatro patas moviéndose como aspas de molino y dos orejas que jamás tuvo pez alguno.

—¡Es un puerquito! ¡Es un puerquito! ¡Mira!

El tío, estando como estaba a quince millas de la costa, gruñó:

—Calza el foque, muchacho —como diciéndole en lenguaje de pescador: "no sueñes".

Pero Tomasín corrió a proa, bailoteó el barco, se levantó el tío a mirar. Al verlos, el puerquito nadó con tanta prisa y alegría, que casi se topa con ellos.

—¡Recórcholis! ¿Y tú qué haces por aquí, muchacho? —le dijo el tío rascándose la coronilla, que es donde producen picor las sorpresas.

Tomasín cogió la red, la tiró al agua, alzó al cerdito, que chillaba muerto de miedo, y lo metió en el bote. Enseguida, con esa sensación de "mío" que da encontrar algo gratis, le dio agua, le alisó el lomo y le dijo en voz baja, como al oído:

—Tranquilo, puerquito, tranquilo, que ya estás a salvo.

Pero no era verdad. Porque el cajón de la pesca estaba vacío y el tío ya lo estaba mirando con cara de almuerzo.

—¡Cochinillo asado! ¡Cómo se va a poner la vieja! Lo adobamos con ajo, pimienta, comino, y lo asamos despacito, al pincho, dándole vueltas.

Ya lo estaba saboreando con la alegría de comer algo que no supiera a mar y la avidez de su estómago sin café desde la madrugada, cuando Tomasín protegió a su mascota abrazándola.

—De eso nada, tío.

—¡Si en vez de llevar diez años comiendo fritanga de pescado, sardina y tiburón, llevaras cincuenta, otro gallo cantaría!

Tomasín pensó, terco, que ni los llevaba ni los llevaría nunca, porque entre sus sueños estaba el de entrar en la vida como pescador y salir abogado, capitán o arquitecto. Pero, por ahora, le bastaba con ser el nuevo padre o guardián del cerdito, que en ese momento se había dormido.

Cuando llegaron al muelle, donde, al lado de grandes

barcos chatos y camaroneros, hay otros ágiles, de vela, para salir a regatear los que pueden, y otros despintados y viejos, de auténticos pescadores, un grupo de éstos se congregó para ver la extraña pesca.

—¡Ey, compadre! —le decían al tío—, saliste por mero y vuelves con cochinillo. ¡Menuda suerte!

—¡Vaya pez tan raro que se ha buscado este tipo!

Todos formaron un círculo alrededor de Tomasín y el cerdito: un círculo de caras curtidas por sol, salitre, hambre y trabajo, ahora reanimadas por sonrisas en las que siempre faltaba algún diente.

Eran flacos, cetrinos y andaban en camiseta, por lo que Tomasín pensó que el cerdito acabaría como almuerzo de todos ellos.

De pronto, se unió al grupo un viejo americano con cara de turista, sombrerito blanco de tela, pantalón rojo, camisa a cuadros, pantorrillas flacas y una gran cámara negra colgada del hombro.

—Yo querer sacar foto niño puerquito —dijo creyendo que hablaba español.

Como a la gente contenta le encanta retratarse, todos formaron un círculo pasándose los brazos por los hombros y dejando de frente a Tomasín y al cerdito.

El americano encuadró con mucho cuidado para sacar sólo el grupo del frente, descartando a los pescadores, que seguían tiesos y sonrientes.

Todos pensaron que el fotógrafo era uno de los miles de viejos ricos que cada año huyen de la nieve y no le hicieron caso.

Cuando Tomasín y el tío llegaron a casa, con tan extraña pesca, la tía Candelaria, que le servía de poca madre a Tomasín, ya tenía la sartén preparada y el aceite hirviendo.

—¿Y qué, viejo? —saludó—. ¿Sardina, ronco, tiburón o ...nada de nada?

El tío dijo ufano:

—¡Cochinillo asado! —y señaló al puerquito.

Tomasín pensó si a la tía podría quedarle alguna llamita de caridad o de lástima en sus ojos sombríos. Pero todo lo que vio fue hambre vieja, y casi entusiasmo, cuando dijo:

—Mátalo tú, que a mí me molestan los chillidos.

El tío sacó el cuchillo, se puso a afilarlo con el gusto anticipado de saborear el chicharrón tostadito y el cochinillo tierno. ¿Qué le importaba matar a un cerdito dormido, con los miles y miles de pescados de todos los tamaños y colores que había rematado de un tajo?

Tomasín dijo que enseguida volvía, y antes de que lo frenara el «¡Vuelve acá, muchacho!» de sus tíos, corrió que se mataba con el cerdito salvado por segunda vez, chillando bajo el brazo.

Se lo llevó al abuelo Chicho, un gordo buenazo que vivía en una de esas casas de apartamentos con más cemento que verde, donde, gracias al Seguro Social, conviven pobres de siempre con ricos que ya no lo son.

—Abuelo —dijo Tomasín mostrando el cerdito rosado y chillador—, mira, te traigo un cerdito.

—Ponlo en el baño, hijito, que patio no tengo —contestó el abuelo.

Apenas había respirado Tomasín, pensando que ya tenía lugar seguro para el puerquito, cuando se oyeron unos golpes enérgicos en la puerta. Era la supervisora, que se ganaba su sueldo cuidando el edificio. En cuanto entró, señaló al cerdito y le dijo al abuelo que las ordenanzas sanitarias prohibían, a los inquilinos de aquellas viviendas casi regaladas, tener animales domésticos.

El abuelo se encogió de hombros, como queriendo decir que eso a él no le importaba, y la supervisora amenazó con que ya verían...

Efectivamente, a la media hora justa, un policía fuerte y altísimo llegó con órdenes superiores y se llevó al cerdito, según sus propias palabras, «a cuarentena».

—¿Dónde queda eso?

—Departamento de Agricultura —contestó el policía, tajante y cumplidor.

Así hubiera terminado el cuento: el cerdito en cuarentena, y Tomasín como tantos otros niños que pierden lo suyo sin remedio. Sólo que a la mañana del lunes, cuando el tío abrió el periódico mientras tomaba el café, exclamó dando voces:

—¡Eh! ¡Venid aquí! ¡Mirad esto!

Acudieron la tía y el sobrino y vieron, asombrados, que en el centro de la primera página del periódico aparecía la foto de Tomasín y el cerdito bajo un titular en letras grandes que decía:

«CERDITO PESCADO A QUINCE
MILLAS DE LA COSTA».

Más abajo, Tomasín leyó esta breve información:

«Artilio Suárez, pescador de sesenta años y vecino de Cayo Hueso, salió a pescar con su sobrino el domingo por la tarde y regresó con un cerdito cansado, salado y listo para convertirse en almuerzo».

Las autoridades ya habían localizado al cerdito, que sería examinado cuidadosamente. En caso de presentar algún tatuaje que indicara vacunación,

bastaría con una cuarentena de unos días. Si no, dado que podría ser portador de la peligrosa fiebre porcina, el doctor Borges, Director del Departamento de Agricultura, opinaba que debía ser sacrificado.

Enseguida comenzaron las llamadas al periódico. Primero, la de una señora con el ofrecimiento de cuidar al cerdito en su finca, con tal de que no se lo almorzara nadie.

Después, la del director de un orfanato, diciendo que "sus" niños, conmovidos ante la noticia, se ofrecían a cuidar al puerquito, huérfano también al fin y al cabo.

Por último, el párroco de una iglesia, que advertía, enérgico, que tomaría drásticas medidas si al cerdito llegaba a ocurrirle algo, porque ningún derecho tenía nadie sobre tan libre criatura.

Mientras tanto, Tomasín, que leía la noticia, preguntó:

—Tía, ¿qué quiere decir "sacrificar"?

—Matarlo, hijo. ¿Qué va a ser? ¡Es que los periódicos lo enredan todo!

Si hubiera sido madre, la tía habría visto el mar de pena que invadió los ojos de Tomasín, o hubiera notado, al menos, el leve temblor de su barbilla; pero como no lo era, abrió a todo abrir el grifo de sus quejas: «¡Fíjate tú! ¡Liarse con la policía por un cochino de porra! ¡Como si no tuviera una ya bastantes dolores de cabeza con este niño, que come como una lima y no deja de dar la lata!». Y siguió con que bastante le había advertido ya a su marido que nadie tenía por qué hacerse cargo de los hijos de otros. Para terminar con el dolor de reuma: «Aquí, mira, justo aquí, que doy un paso y veo las estrellas».

Viendo claro que con nadie podía contar más que consigo mismo, Tomasín averiguó la dirección del Departamento de Agricultura y, con la experiencia en autobuses de quien no tiene automóvil, allá se fue con sus veinticinco centavos, media

hora de paciencia en una esquina y un viaje incómodo con mil paradas.

Llegó por fin a uno de esos edificios gubernamentales con pisos de mármol y oficinistas que, para ganar el sueldo, todo lo enredan y demoran con papeles. Tomasín se detuvo en seco para pensar por dónde empezaba, cuando oyó la voz amable del portero:

—Buenos días, niño, ¿puedo ayudarte en algo?

Tomasín le explicó, con poco orden y mucho afán, que buscaba a un puerquito suyo que había pescado ayer, y que su tío por poco lo mata —al puerquito, claro—. Y que él, por salvarlo, salió corriendo y lo llevó a casa del abuelo Chicho, y no valió de nada porque en el periódico salió que iban a examinarlo por si estaba vacunado y, que si no, lo iban a matar.

El viejo desenredó la madeja de palabras con todo cuidado y le aconsejó a Tomasín que fuera a ver al doctor Borges, en el sexto piso, oficina B, tomando el ascensor a mano izquierda. Después, con la bondad de quien durante veinte años no ha hecho otra cosa que abrir y cerrar puertas y desear buenos días, le dijo:

—¡Buena suerte, hijo!

El doctor Borges era un veterinario ocupadí-
simo, con una secretaria infranqueable como foso
de castillo, una oficina chica, varias fotos de animales tal como son por dentro y expresión can-
sada a punto del retiro. Cuando levantó la vista
para mirar a Tomasín, tan flaco, cetrino y sin im-
portancia, buscó en su memoria a ver si alguien
así, alguna vez, se había atrevido a interrumpirlo.

Tomasín le contó lo del cerdito y, como el doctor
Borges tenía un gran archivo mental de experiencias

desagradables con dueños de perros vagabundos recogidos por las calles, se armó de paciencia. Le explicó a Tomasín, con palabras difíciles y su poquito de latín —no es que fuera malo, el pobre, es que el mucho saber lo tenía tarumba— que, efectivamente, la fiebre porcina era una infección viral muy contagiosa, que podía transmitirse por la comida y el agua, extenderse a todo el país y acabar con la industria porcina en cuarenta y ocho horas. Muy a su pesar, a él le tocaba la desagradable tarea de tomar las medidas necesarias.

25

—Entonces —concretó Tomasín— ¿van a matar a mi cerdito?

—A ponerlo a dormir, hijo —rectificó el doctor, alzando los hombros ante lo inevitable y como quitándose la culpa.

—Pero doctor —reflexionó Tomasín—, ¡cuando la gente está enferma, aunque sea de tifus o tuberculosis, nadie la pone a dormir! Yo lo sé bien, porque a mi tía Cachita...

—Hijo, por Dios, ¡tu tía es una persona!

—Pues por eso mismo. Este puerquito no tiene a nadie que lo defienda. Además, está más vivo y más sano y con más ganas de vivir que mi tía.

El doctor Borges decidió quitarse de encima a aquel niño que lo desconcertaba pensando por su cuenta, cuando a él le era tan cómodo obedecer órdenes. Por eso, decidió repartir responsabilidades, que así tocan a menos, y le dijo:

—Vete a ver al jefe de cuarentena.

Tomasín bajó volando por las escaleras y, cuando llegó al primer piso, casi sin aire, volvió a toparse con el portero:

—¿Cómo te fue, muchacho?

Tomasín le contó lo sucedido y el viejo, tal vez por animarlo, le dijo:

—Tu cerdito se ha convertido en todo un personaje. A poco de llegar tú, vino una señora de la Sociedad Protectora de Animales, y luego un periodista. Ha llamado también muchísima gente. Mira, sube a ver al jefe de cuarentena y dile que eres sobrino mío. Bueno, no —rectificó—, dile mejor que eres vecino mío.

Tomasín fue y se encontró con un hombre vestido de blanco, cara de boberas y ojos sencillos y hospitalarios.

Tomasín le contó su historia y que era vecino de Francisco, el portero, y lo que le había dicho al doctor Borges de la tía Cachita y el cerdito.

El doctor asintió pensativo, porque lo que decía Tomasín coincidía perfectamente con lo que él mismo venía pensando hacía tiempo. Por fin, entrecerrando los ojillos, respondió:

—El caso es difícil. He examinado a tu cerdito y, desgraciadamente, no tiene ni tatuaje ni marca de vacuna. Por otra parte, ningún puerco es buen nadador y, según dice el periódico, lo encontraron a quince millas de la costa. ¿Cómo llegó hasta allí? Un puerco que hubiera nadado tanto habría sufrido quemaduras profundas. El tuyo las tiene, pero muy ligeras. ¿Te das cuenta por dónde voy?

—Ni idea.

—Pues que, a mi juicio, el puerquito no nadó hasta allí, sino que se cayó o lo tiraron de algún barco. ¿Entiendes?

Tomasín no entendía.

—Está claro —dijo el veterinario, satisfecho de su perspicacia—. Si es un puerco extranjero, no tenemos derecho alguno a disponer de él.

—¿Y cómo lo averiguamos?

—Ése es el problema, ése es el problema. —Enseguida, reponiéndose de su tontería, dijo que, por ser el puerquito pequeño, casi se atrevería a afirmar que no era portador de enfermedad alguna.

—Entonces, ¿usted cree que no me lo matarán? —soltó Tomasín.

—No, hijo. Yo creo que no. Aunque, claro, si la orden viene de arriba...

Tomasín respiró con poco alivio y bajó corriendo a contárselo al portero, que movió la cabeza negativamente.

—¡No te hagas muchas ilusiones, niño! Mientras estuviste allá arriba, llegó un tal Mr. Smith, el ganadero más importante de esta zona, hecho un basilisco. Tiene aquí, en cuarentena, a un toro que le costó 30.000 dólares y vino a protestar porque dice que tu puerquito va a contagiarlo y que, si le pasa algo a su toro, pondrá una reclamación de aquí al techo. Ese hombre es amigo del gobernador, de representantes y de senadores.

—Entonces, ¿qué hago? ¿A quién puedo ver? ¿Quién puede ayudarme? —preguntó Tomasín, sabedor, por experiencia, de lo poco que puede un niño política por medio.

Advirtiendo el desaliento de Tomasín, el portero viejo recordó cuántas cosas había querido él de pequeño: o eran muy caras, o se habían muerto, o las había perdido sin que nadie le ayudara a defenderlas. En su corazón sintió una secreta alianza con este niño de ojos tristes que lo miraba todavía disconforme, todavía con ánimo de rebelarse y de luchar por lo suyo, y pensó lo bueno que sería que alguien le ayudara a no resignarse antes de tiempo.

Poniendo su mano protectora sobre la cabeza de Tomasín, le dijo:

—Confía en mí, pequeño. A ti no te deja solo este viejo. Yo no soy nadie, pero conozco a mucha gente. Precisamente, aquí, en cuarentena, trabaja un veterinario que entró gracias a mí. Era más pobre que una rata y hoy tiene casa y automóvil. Tú vete tranquilo. Ya veré yo lo que puedo hacer.

Tomasín sintió confianza, sin pensar siquiera en la poca garantía que pudiera ofrecerle un pobre hombre que, ya viejo, apenas había llegado a portero. Le dio las gracias y se marchó a casa.

Al día siguiente, al abrir el periódico, Tomasín sintió como si alguien con una manaza enorme lo derribara de pronto. Allí, en la primera página del diario, estaba la fotografía de un puerquito muy quieto, con los ojos cerrados. Debajo se leía:

«La corta vida del puerquito marinero ha llegado a su término. Hoy, a las siete de la mañana, fue sacrificado por órdenes superiores del Departamento de Agricultura, provenientes de la capital».

Tomasín salió corriendo. No supo ni cómo había llegado al edificio, que hoy le parecía más imponente y más lúgubre. Venía lleno de rabia, con ganas de gritar, de tirar piedras y fango contra las limpias ventanas de cristal. Iba a destruirlas todas. Iba a protestar por la injusticia, a aporrear algún coche, a prenderle fuego a algo. De algún modo, él, niño, buscaría peor venganza que aquella de la que puede ser capaz un hombre. Agarró una gran piedra y ya iba a lanzarla con toda la fuerza que da el odio, cuando el portero salió a recibirlo a toda prisa y, sonriendo, le entregó un paquete.

—Convencí a mi amigo el veterinario para que obedeciera las órdenes al pie de la letra. Que lo pusiera a dormir. Y eso fue lo que hizo. Ahora, ¡piérdete!

Tomasín salió corriendo, corriendo, y cuando en la carrera sintió el leve movimiento y el «oink» del puerquito, lo apretó contra su pecho. Corriendo, llegó hasta el muelle, buscó el barquichuelo de su tío, soltó amarras y subió a bordo. Francisco, el portero, tenía toda la razón.

Cuando, de pie en la proa, después de navegar millas, vio en el agua a su cerdito vivo, chillador y libre, que ganaba la costa de un islote seguro, Tomasín sintió lo que deben sentir todos los hombres: que para él, esfuerzo por medio, no había nada imposible.

Autor e ilustrador: Kevin Henkes

Antes de que naciera Julius, Lili estaba encantada con la idea de tener un hermano. Después de nacer, sin embargo, Lili descubre, muy a su pesar, que ya no les el centro de atención. A partir de 6 años.

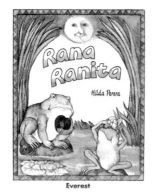

Autor: Hilda Perera
Ilustraciones: Viví Escribá

Una ranita no se quiere casar con el señor sapo porque tiene otros planes mucho más interesantes: ¡quiere convertirse en pájaro y volar por los aires! A partir de 6 años.

Autor: Margery Wiliams
Ilustraciones: Michael Hague

El Conejo de Terciopelo sólo deseaba una cosa: ¡ser REAL! Un cuento tierno que describe la relación entre un juguete y su pequeño dueño. A partir de 8 años.

Autor: Hilda Perera
Ilustraciones: José Pérez Montero

Un día Tomasín sale con su tío a pescar y encuentra algo muy especial: un cerdito, al que tratará de salvar por todos los medios de su triste final. A partir de 8 años.

Autor e ilustrador: Tomie dePaola

Tommy está deseando que llegue el primer día de su clase de dibujo, porque es lo que más le gusta hacer. Sin embargo, cuando por fin se reúne la clase, no todo es como Tommy esperaba. A partir de 6 años.

Autor: Hilda Perera
Ilustraciones: Ana G. Lartitegui

Javi ya está aburrido de que su mamá le regañe y le diga que es «una verdadera tragedia». La mejor solución es dejar de ser niño y convertirse en diferentes animales. A partir de 6 años.

OTROS TÍTULOS
DE LA COLECCIÓN

———————

Pollita pequeñita
El burrito que quería ser azul
La moneda de oro
Hansel y Gretel
Tres mujeres valientes
Michka

TÍTULOS DE PRÓXIMA
PUBLICACIÓN

———————

Sadako y las mil pajaritas de papel
Mamá Gansa
Rimas, adivinanzas y canciones infantiles
Los zapaticos de Rosa
El largo camino hacia Santa Cruz
Strega Nona